DELIRIUM TREMENS

DE **Edgar Allan Poe**

organizado por
Raphael Fernandes

Editora Draco
São Paulo - 2018

©2018 by Dana Guedes, Erick Pasqua, Murilo Zibetti, Eder Santos, Antonio Tadeu, Ioannis Fiore, Larissa Palmieri, Má Matiazi, Airton Marinho, LuCas Chewie, Gabriel Correia, Ebá Lima, Alexey Dodsworth, Flávio L. Maravilha, Raphael Fernandes e Tiago Palma.

Todos os direitos reservados à Editora Draco

Publisher: Erick Santos Cardoso
Edição: Raphael Fernandes
Revisão: Airton Marinho
Ilustração de capa: Daniel Canedo
Projeto gráfico e arte: Ericksama

Dados internacionais de Catalogação na Publicação (CiP)
Ana Lúcia Merege 4667/CRB7

Delirium Tremens de Edgar Allan Poe / organizado por Raphael Fernandes. – São Paulo : Draco, 2018.

Vários autores.
ISBN 978-85-8243-260-0

1. Histórias em quadrinhos I. Título

CDD-741.5

Índices para catálogo sistemático:
1.Histórias em quadrinhos 741.5

1ª edição, 2018

Editora Draco
R. César Beccaria, 27 - casa 1
Jd. da Glória - São Paulo - SP
CEP 01547-060
editoradraco@gmail.com
www.editoradraco.com
www.facebook.com/editoradraco
Twitter e Instagram: @editoradraco

Viva, Poe! – Introdução por Oscar Nestarez   6

Smile Away   9
Roteiro: Dana Guedes   *Arte:* Erick Pasqua

Fortuna tóxica   31
Roteiro: Murilo Zibetti   *Arte:* Eder Santos

A queda do gene de Usher   53
Roteiro: Antonio Tadeu   *Arte:* Ioannis Fiore

In Articulo Mortis   75
Roteiro: Larissa Palmieri   *Arte:* Má Matiazi

Santo sepúlcro   97
Roteiro: Airton Marinho   *Arte:* LuCas Chewie

O insólito caso de vossa excelência deputado Mendes   119
Roteiro: Gabriel Correia   *Arte:* Ebá Lima

Murder   141
Roteiro: Alexey Dodsworth   *Arte:* Flávio L. Maravilha

Butim   163
Roteiro: Raphael Fernandes   *Arte:* Tiago Palma

VIVA, POE!

Olhar provocador, cabelos desalinhados, lábios cinicamente desenhados: antes mesmo dos textos de Edgar Allan Poe, seu retrato já causa estranhamento. É impossível não nos inquietarmos diante da expressão ora enigmática, ora melancólica, mas sempre desafiadora do autor estadunidense.

Isto acontece porque o retrato de Poe é também o de sua vida. Sua breve e tumultuada vida, que começa em janeiro de 1809, em Boston, e se encerra misteriosamente em outubro de 1849, em Baltimore. O retrato de um rosto esculpido pela genialidade, mas também vincado pelo desequilíbrio, pelo álcool e por uma incontrolável tendência à autodestruição.

É conhecida a sua trajetória rumo à ruína. Alguns biógrafos atribuem-na ao contato precoce com a morte – antes de completar três anos, Poe perde a mãe, Elizabeth Arnold. O pai, David Poe, desaparece sem dar notícias. Mas devemos considerar também o temperamento combativo do autor, que sempre lhe custou caro: primeiro, a ruptura com o pai adotivo (o que o impediu de herdar uma fortuna); depois, o "convite para se retirar" da Universidade de Charlottesville; por fim, os confrontos com chefes, que resultaram em seguidas demissões.

Em meio ao caos exterior e interior, no entanto, Poe conseguiu atingir o sublime. Desde 1827, quando publica seu primeiro livro – *Tamerlão e outros poemas* – até praticamente o final da vida, ele jamais deixou de escrever. Contra tudo (e muitas vezes contra todos), legou-nos uma obra que dividiu as águas da literatura – as escuras das claras. Entre outras façanhas, atribui-se a ele a criação do conto moderno de horror e da narrativa policial.

Hoje, a sombra de Poe alcança muito além dos livros. Trata-se de uma influência cuja origem é complexa – um território em que biografia e obra se confundem para aproximar o homem do mito. Seja como for, 210 anos após seu nascimento, nós o encontramos por todos os lados: ele está entre os escritores mais adaptados da história do cinema, roteiristas vivem recorrendo à sua ficção para criar séries, seus contos e poemas são frequentemente levados aos palcos do teatro, *game designers* têm transformado suas histórias em jogos, e por aí vai.

Os quadrinhos, claro, também estão sob essa sombra. Mas são poucas as publicações que, a exemplo deste *Delirium Tremens de Edgar Allan Poe*, optaram pelo caminho de uma inspiração livre no universo *poeano*, sem as amarras da adaptação. O que mais encontramos por aí são versões das narrativas literárias para as HQs.

Não é o caso desta publicação, felizmente. Para celebrar os dois séculos e uma década que nos separam do nascimento de Poe, o organizador Raphael Fernandes conseguiu reunir este grupo de quadrinistas em torno da seguinte premissa: a partir de algum aspecto marcante do universo do autor, criar, pura e simplesmente.

Como resultado dessa provocação, temos um notável conjunto de novas histórias. Algumas acenam sutilmente para os elementos ficcionais/biográficos de Poe. É o caso de "In articulo mortis", narrativa criada a partir do interesse do autor pelas novidades de sua época – notadamente, a hipnose, que o encantou e o levou a escrever "Os fatos no caso do sr. Valdemar". É o caso, também, de "Butim", que explora o maior medo de Poe: ser enterrado vivo; e de "Murder", que envolve a mística de "O corvo" com as brumas da ficção científica e da conspiração.

Já outras narrativas abraçam visceralmente esses elementos. Passam noites intensas, sórdidas e sangrentas com eles. Pertencem a esse grupo "Smile Away", que leva a monomania expressa em "Berenice" para além das últimas consequências; "Fortuna tóxica", que traz a magnífica vingança de "O barril de amontillado" para os tempos atuais, impregnados de corrupção política e humana; "O insólito caso de vossa excelência deputado Mendes", que segue o mesmo caminho, mas pela via do grotesco e tendo novamente "O corvo" como esteio. Por fim, "A queda do gene de Usher" caminha lado a lado com um dos mais belos contos de Poe – até trilhar seu próprio rumo em direção aos horrores da manipulação genética.

Aludindo ao alcoolismo de que Poe era vítima, *Delirium Tremens* surge, assim, como uma verdadeira procissão de pesadelos e alucinações. Mas a publicação é, antes de tudo, uma inventiva homenagem ao mestre. Uma celebração a um artista perturbado, que experimentou a morte desde muito cedo, e que passou a vida tentando domá-la, conquistá-la, superá-la. Bem: a julgar por esta e tantas outras reverberações atuais do nome de Poe, podemos dizer que ele conseguiu.

Oscar Nestarez
Devoto de Edgar Allan Poe, pesquisador
da literatura de horror e autor de *Bile Negra*.

Dana Guedes
Escritora e roteirista nascida em São Paulo (SP). Escreveu obras como *Homérica Pirataria*, *V.E.R.N.E. e o Farol de Dover*, *Flor de Ameixeira* e *A Ilha dos Perdidos*. Aos 13 anos, venceu um concurso literário de ficção-científica patrocinado pelo canal FOX de televisão e estreou profissionalmente em 2011. Desde então, participou de antologias, deu palestras em eventos de cultura pop e produziu conteúdo para o YouTube. Venceu o Troféu ARGOS por *Vaporpunk*, onde foi organizadora e autora. Ama viagens, culturas diferentes, animais e doces.
Twitter e Instagram: @dana_aoi

Erick Pasqua
Ilustrador e designer gráfico desde 2007. Fez capas de livros, *concept designs* para parques de diversão, além de personagens e cenários para videogames. Vibra quando tem a oportunidade de desenhar histórias em quadrinhos. Nascido em Varginha (MG), mas mora em São Paulo e é capaz de falar qualquer trava-língua.
Site: erickpas.com Instagram: @pasquaerick

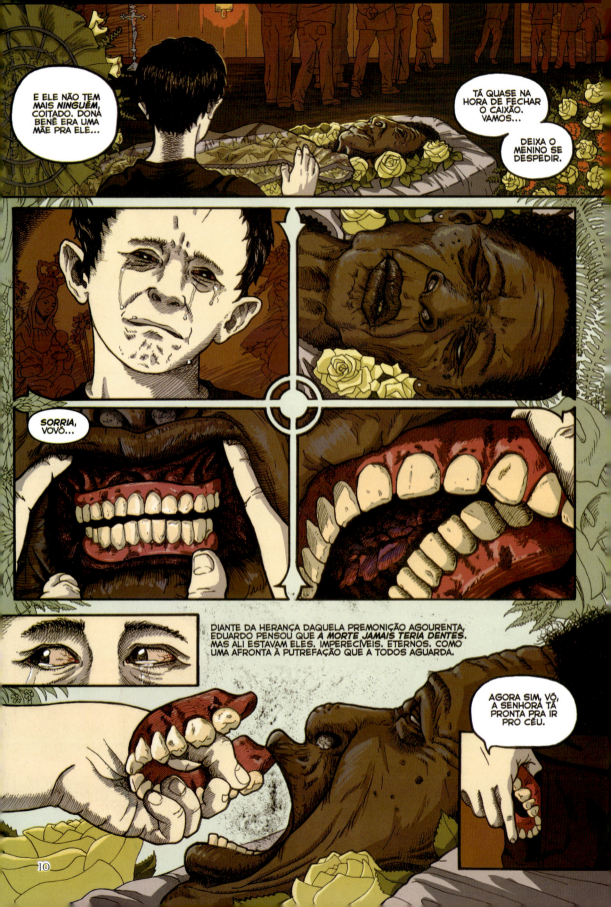

NÃO SE PREOCUPE, DUDU. SEUS TIOS VÃO CUIDAR BEM DE VOCÊ, A CASA DELES TEM ATÉ PISCINA.

SMILE AWAY

ROTEIRO
DANA GUEDES

ARTE
ERICK PASQUA

PARA EDUARDO, HAVIA APENAS OS *DENTES*.

EU NÃO AGUENTO MAIS ESSE MENINO! ELE É ANTISSOCIAL E ASSUSTA AS OUTRAS CRIANÇAS COM ESSA *MANIA BIZARRA DE DENTES!*

AS VIZINHAS NEM DEIXAM OS FILHOS CHEGAREM PERTO DESSA *ABERRAÇÃO!*

ELE NÃO TEM MAIS *NINGUÉM*, O QUE VOCÊ QUER QUE EU FAÇA? TAQUE O MOLEQUE NA RUA?

EU NÃO SEI, MAS SE VIRA. DÁ UM JEITO NISSO OU NOSSO CASAMENTO ACABA AQUI!

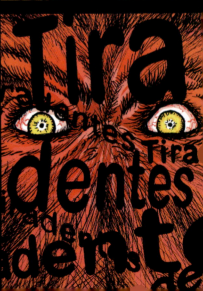

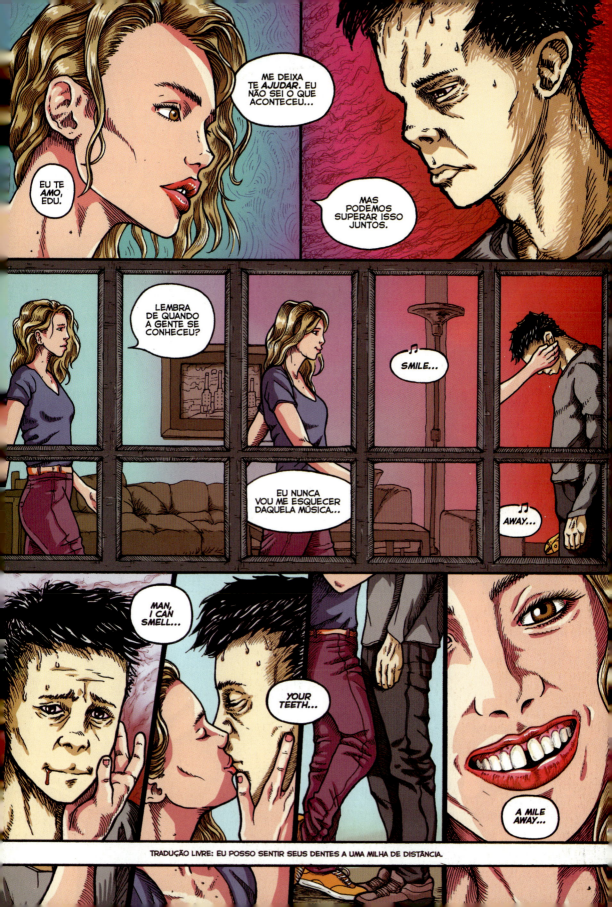

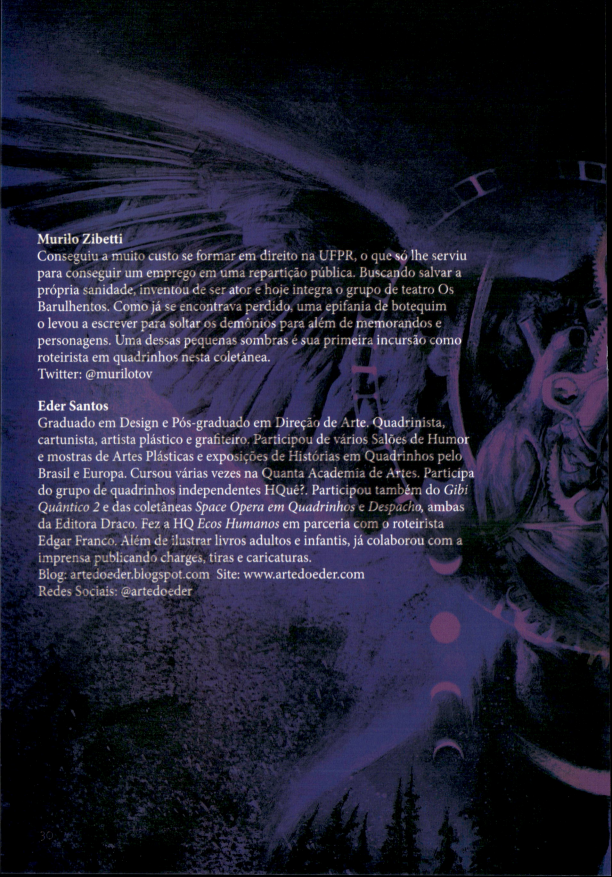

Murilo Zibetti
Conseguiu a muito custo se formar em direito na UFPR, o que só lhe serviu para conseguir um emprego em uma repartição pública. Buscando salvar a própria sanidade, inventou de ser ator e hoje integra o grupo de teatro Os Barulhentos. Como já se encontrava perdido, uma epifania de botequim o levou a escrever para soltar os demônios para além de memorandos e personagens. Uma dessas pequenas sombras é sua primeira incursão como roteirista em quadrinhos nesta coletânea.
Twitter: @murilotov

Eder Santos
Graduado em Design e Pós-graduado em Direção de Arte. Quadrinista, cartunista, artista plástico e grafiteiro. Participou de vários Salões de Humor e mostras de Artes Plásticas e exposições de Histórias em Quadrinhos pelo Brasil e Europa. Cursou várias vezes na Quanta Academia de Artes. Participa do grupo de quadrinhos independentes HQué?. Participou também do *Gibi Quântico 2* e das coletâneas *Space Opera em Quadrinhos* e *Despacho*, ambas da Editora Draco. Fez a HQ *Ecos Humanos* em parceria com o roteirista Edgar Franco. Além de ilustrar livros adultos e infantis, já colaborou com a imprensa publicando charges, tiras e caricaturas.
Blog: artedoeder.blogspot.com Site: www.artedoeder.com
Redes Sociais: @artedoeder

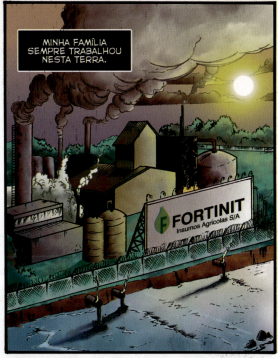

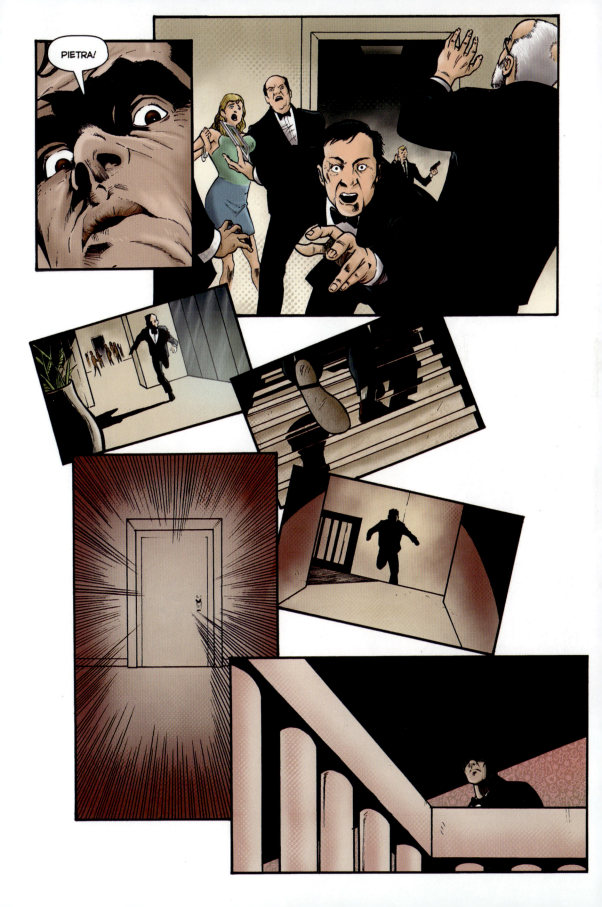

Antonio Tadeu
É jornalista e roteirista, já tendo escrito diversas histórias para a revista *MAD* desde 2014. Também já escreveu roteiros para o personagem Cometa, além de produzir conteúdo para os blogs Contraversão e Kapoow. Participou das coletâneas *O despertar de Cthulhu em quadrinhos*, *Demônios da Goetia em quadrinhos* e outras.
E-mail: tadeumoore@gmail.com

Ioannis Fiore
É natural de Campinas, São Paulo. Atualmente cursa graduação em Artes Visuais na Universidade de Campinas, UNICAMP. Já trabalhou como freelancer na criação de mascote comercial, ilustração para identidade visual, *storyboard* para campanha publicitária e hoje atua como ilustrador na produção da campanha de um game. Expôs no Salão de Artes Visuais do Colégio Naval de Angra dos Reis, Rio de Janeiro, em 2015. Participou das coletâneas *Space Opera em quadrinhos*, *Demônios da Goetia em quadrinhos* e foi o capista de vários álbuns de HQ.

A QUEDA DO GENE DE USHER

ROTEIRO: ANTONIO TADEU
ARTE: IOANNIS FIORE

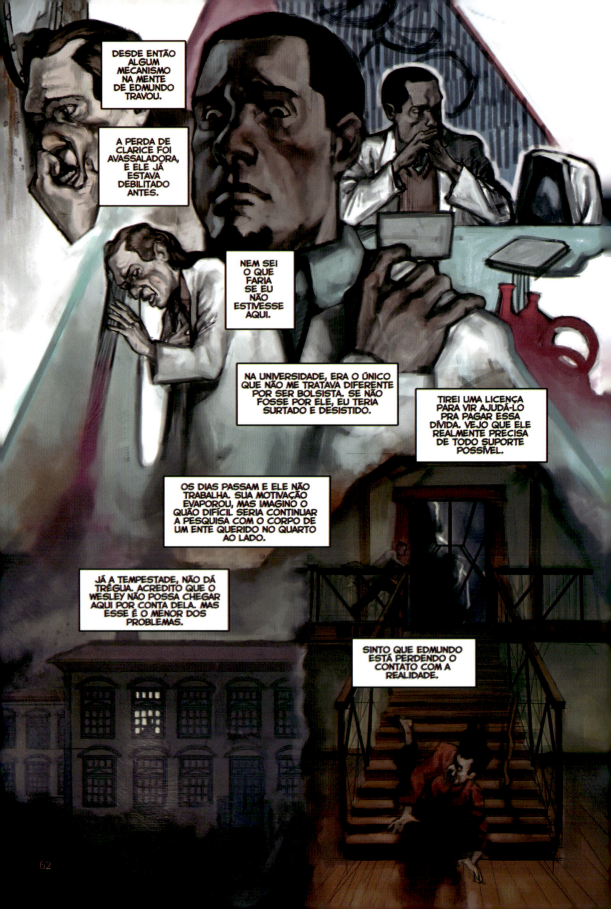

(*) ELA É UMA SIGLA PARA "ESCLEROSE LATERAL AMIOTRÓFICA", QUE AFETA A FUNÇÃO DOS NERVOS E MÚSCULOS. – N. DO E.

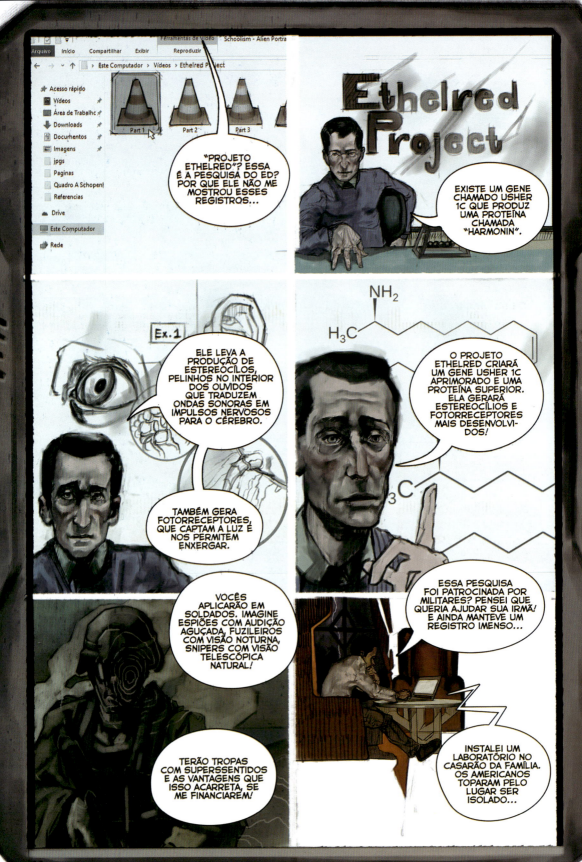

KABOOOOM!!!

NO DIA SEGUINTE, A TEMPESTADE ME JOGOU PARA UMA PRAIA E FUI AVISTADO POR UM BARCO DE PESCADORES.

A CASA RUIU DA BASE AO TELHADO, ENTERRANDO TODOS OS SEGREDOS CONTIDOS NELA.

MESMO DE FORMA EQUIVOCADA E DETURPADA, EDMUNDO REALMENTE HAVIA CONSEGUIDO...

AINDA PENSO NAS ATITUDES DO ED. SERIA ELE UM IRMÃO AMOROSO OU UM LOUCO EGOCÊNTRICO?

MESMO TENDO TRANSFIGURADO A IRMÃ EM UMA ABERRAÇÃO DA CIÊNCIA, NAQUELES ÚLTIMOS INSTANTES, ELA CONSEGUIU VER E OUVIR.

...A QUEDA DA SÍNDROME DE USHER...

FIM

Larissa Palmieri
Natural de São Caetano do Sul, é publicitária e pós graduada em Gestão do Design na Belas Artes. Publicou nas coletâneas da Editora Draco: *Space Opera em Quadrinhos, Periferia Cyberpunk, Na Quebrada* e *Delirium Tremens de Edgar Allan Poe*. Lançou de maneira independente as HQs *Hacking Wave* e *Gynoide*, além de ter participado da primeira edição da revista *Sinistra*.
Site: larissapalmieri.com.br E-mail: larissapalmeiri@gmail.com

Má Matiazi
Escritora, ilustradora e quadrinista, nascida e plantada nas terras geladas de Curitiba, Paraná. Como quadrinista é autora da série de webcomics *O Abismo* e da *graphic novel Morte Branca* (2016), indicada ao prêmio HQMix 2017 na categoria de Publicação Independente Edição Única, além de ter participado das HQs *A Samurai – 1ª Batalha* (2017) de Mylle Silva e *A Loira Fantasma de Curitiba* (2017) da qual assina o roteiro junto de Fulvio Pacheco.
Site: mmatiazi.com

In Articulo Mortis

Roteiro: Larissa Palmieri
Arte: Má Matiazi

...QUANDO EU COLOCAR O MEU DEDO NA SUA TESTA, VOCÊ VAI ABRIR OS OLHOS.

3, 2, 1.

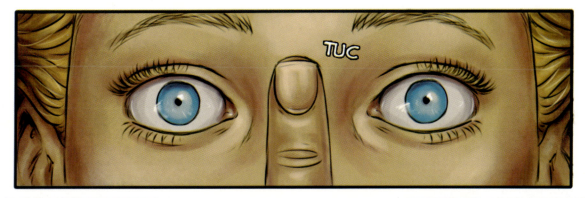

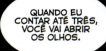

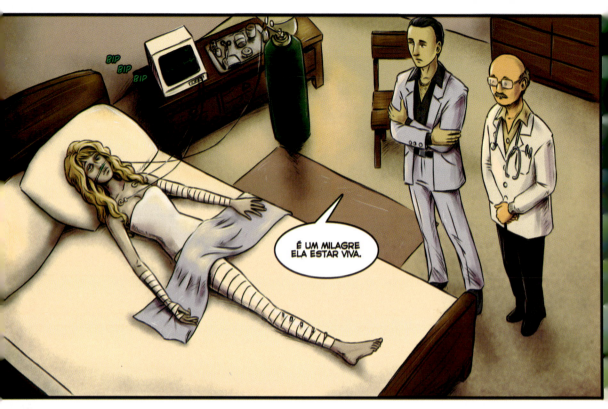

Airton Marinho
Formado no curso de roteiro da Quanta em 2012. Desde então, participou de diversas coletâneas (*Rei Amarelo em Quadrinhos, O despertar de Cthulhu em Quadrinhos, Gibi Quântico,* entre outras), editou o *Gibi Quântico 2,* é criador do personagem Cabra D´água e lançou em 2017 a revista *HellDang*. Paraibano, abomina coisas fofas, bebe cerveja a qualquer hora do dia e adora camisetas pretas.
Facebook: /airtoncamilo Twitter:@airtonmarinho
Instagram: @maniamarinho

LuCas Chewie
Com amigos, criou o fanzine *Porão*. Fez o curso de quadrinhos de Ofeliano de Almeida. Estreou profissionalmente nas HQs em Julho de 94, na revista de RPG *Dragão Dourado*. Participou das publicações *Coleção Assombração, Luzes no Caminho, Uma Aventura no Descobrimento do Brasil, A Luneta Mágica, Noite na Taverna, O Rei Amarelo em Quadrinhos, O despertar de Cthulhu em quadrinhos, Demônios da Goetia em quadrinhos* e HQs para empresas. Técnico em publicidade e design gráfico, graduado pela Escola de Belas Artes – UFRJ. Faz ilustrações, *storyboards* e animação para TV.

SANTO SEPÚLCRO

Roteiro: Airton Marinho
Arte: LuCas Chewie

...ELA FOI ARREMESSADA DAQUELA JANELA.

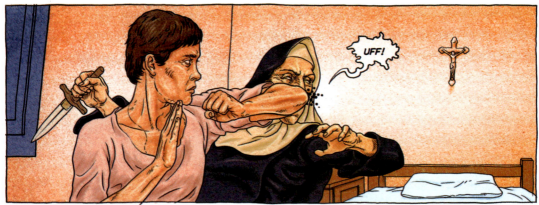

109

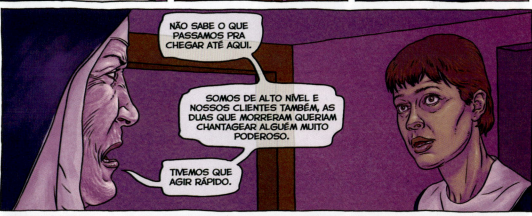

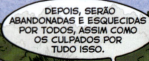

FIM

Gabriel Correia
Professor, roteirista e cineasta. Dirigiu e escreveu o curta-metragem *O diabo por dentro* (2011) e mora atualmente em Campinas com esposa e filha. Sempre que Azathoth permite, ele escreve em em seu blog.
Twitter: @bielsued Blog: mundocaria.blogspot.com

Ebá Lima
Eddi Bastos Lima (Ebá) é um auxiliar de necropsia no interior de Goiás que gosta de desenhar. Ele é ilustrador fixo do coletivo Left Hand Shelter. Já ilustrou para Abril, Parzifal, Finatec e outras imundícies. Gosta de macumba, amendoim e não gosta de você!
Site: www.behance.net/ebalima Facebook: /lefthandshelter
Instagram: @ebalimajr

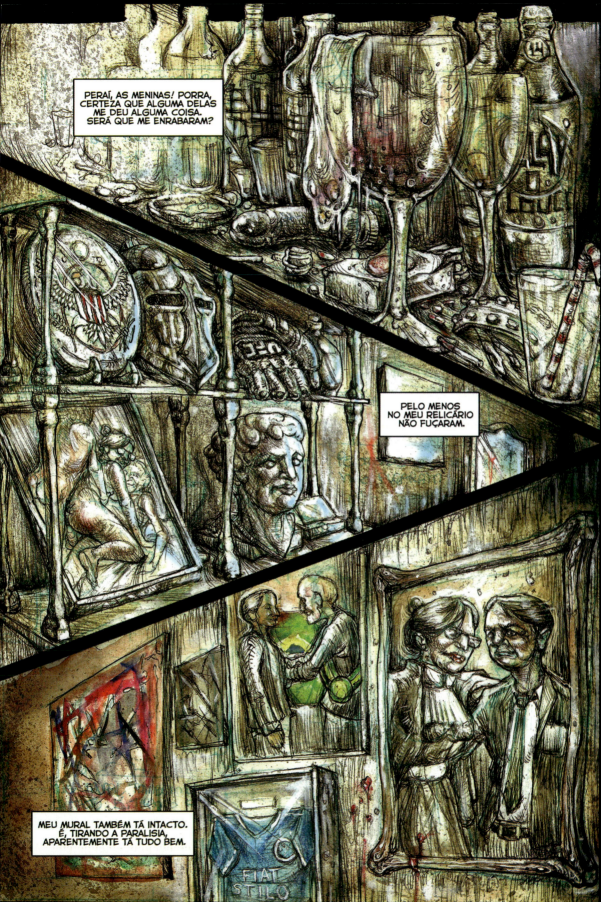

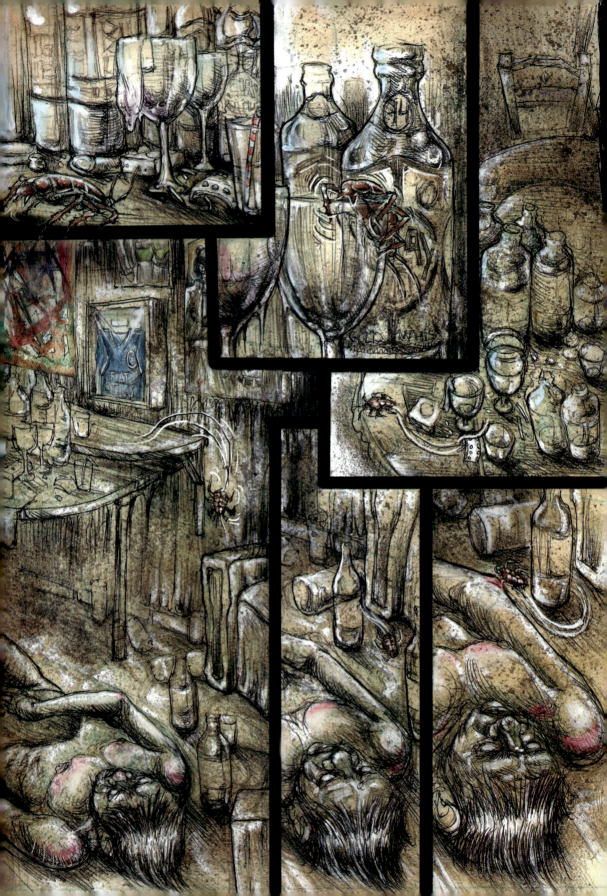

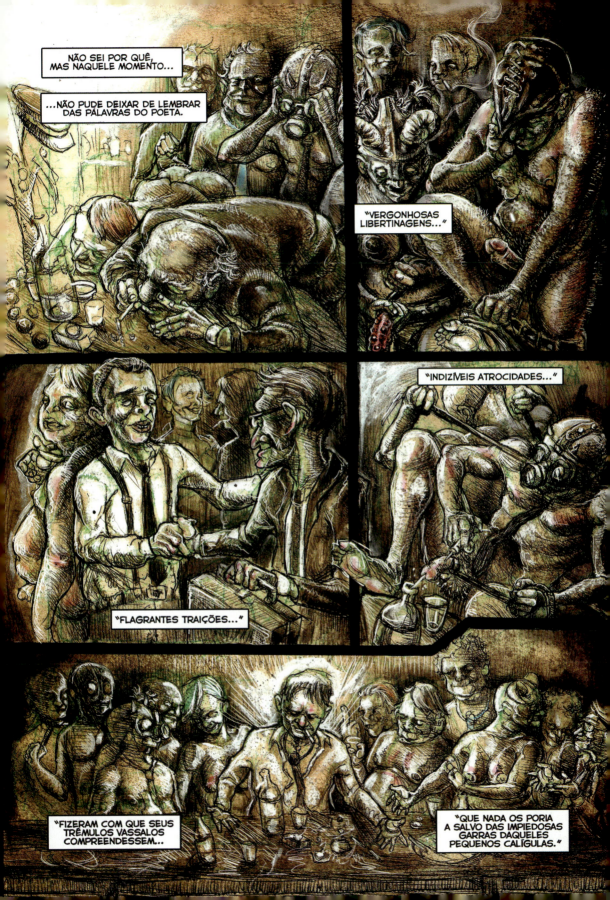

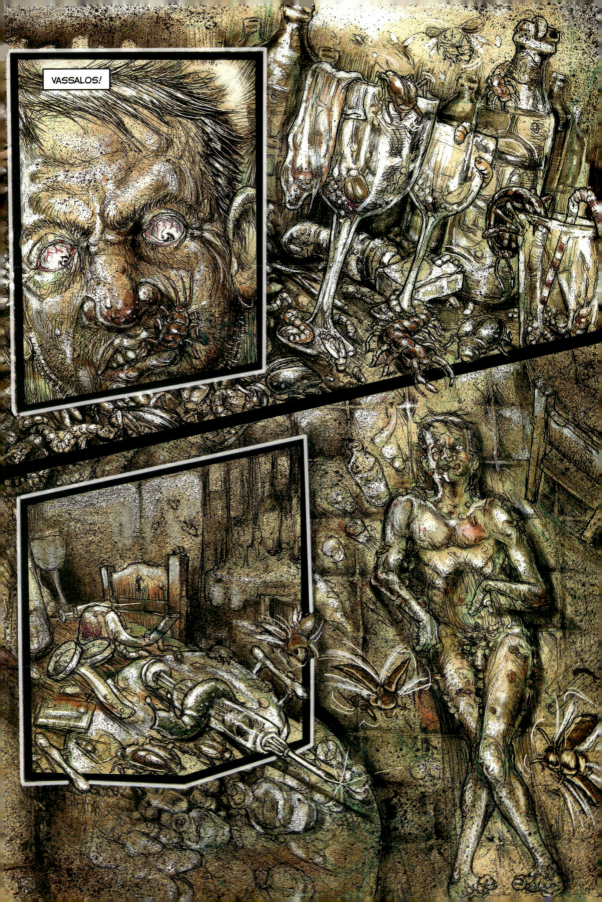

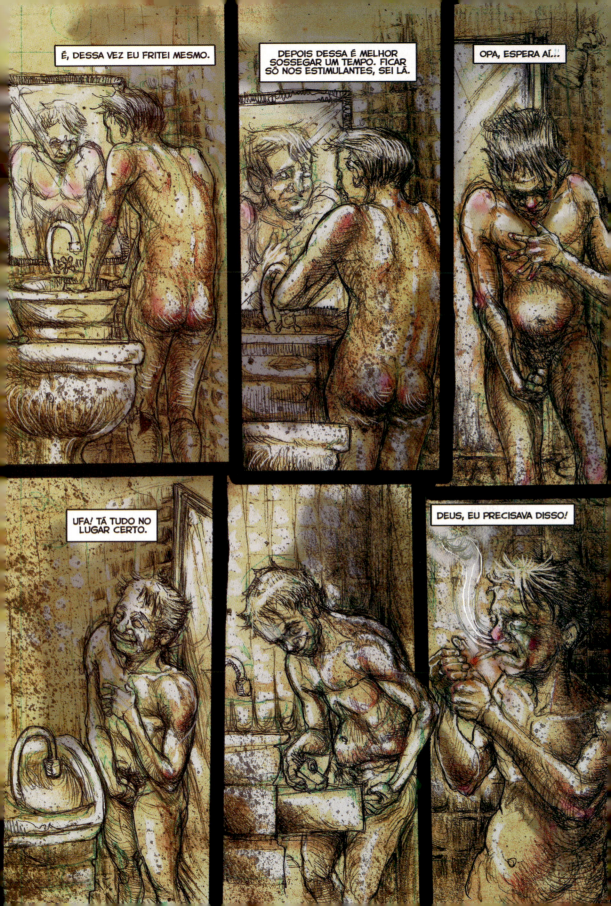

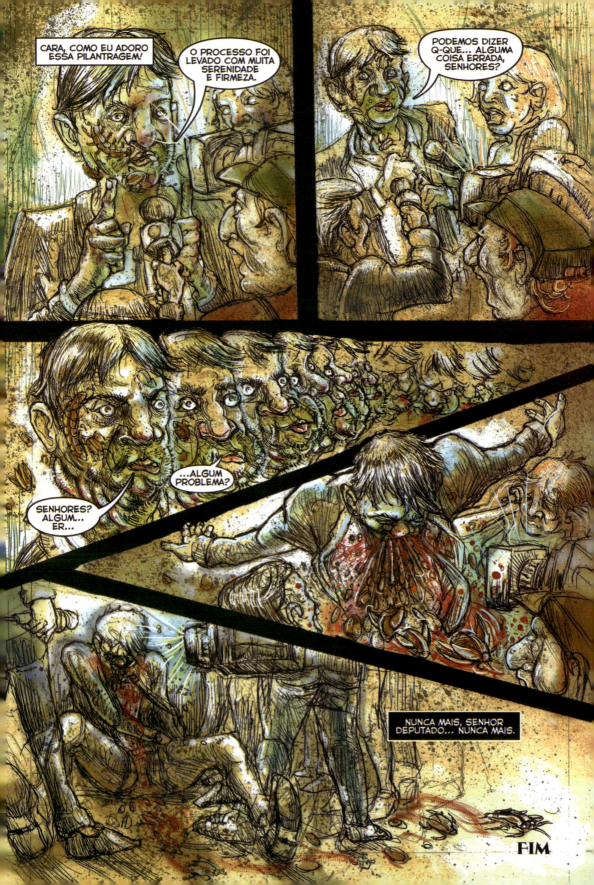

Alexey Dodsworth
Mestre em filosofia pela USP. Cursa doutorado de dupla titulação em filosofia pela USP e pela Ca' Foscari, com foco em transumanismo e colonização espacial. Ganhou o Prêmio Argos na categoria Melhor romance em 2015 e em 2017 por seus livros *Dezoito de Escorpião* e *O Esplendor*. Escreveu quatro romances e participou da coletânea *Demônios da Goetia em Quadrinhos*. Atualmente reside em Veneza, na Itália, onde é perseguido por corvos sinistros que lhe sussurram histórias terríveis nos ouvidos.
Site: alexeydodsworth.net Twitter: @AlexeyDodsworth

Flávio L. Maravilha
Ilustrador e quadrinista brasiliense, nasceu em 1994 e está graduando em artes plásticas na Universidade de Brasília. Atualmente está trabalhando em projetos pessoais de HQs e estudando *concept art* para jogos digitais. Seu estilo vai do horror e fantástico ao cômico, é inspirado tanto por artistas como Goya e Delacroix à quadrinistas e ilustradores como Moebius, Jared Muralt, Josan Gonzalez e H.R. Giger.
Instagram: @flavsart Artstation: www.artstation.com/artist/slip

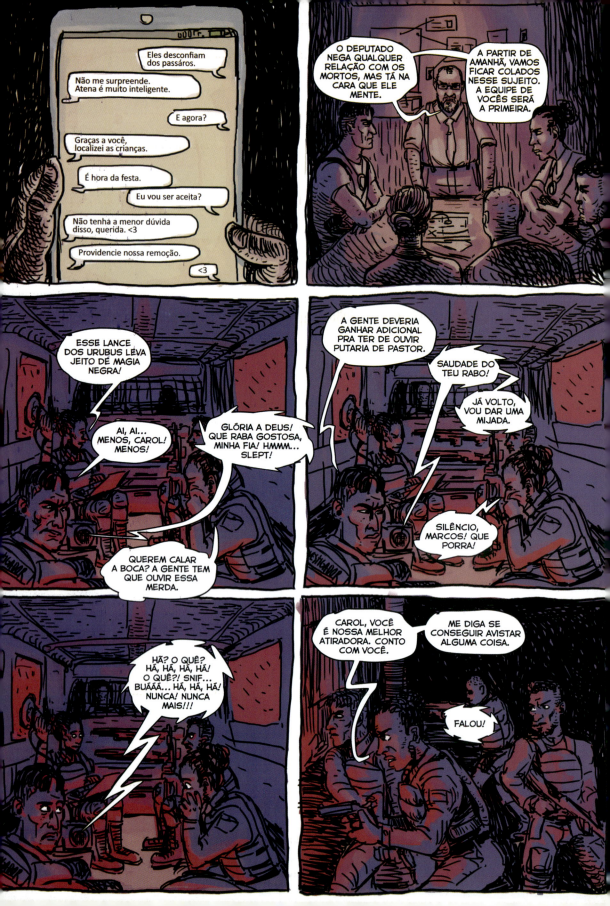

Raphael Fernandes
Roteirista e editor da Editora Draco. Foi editor da MAD por nove anos, mas isso não o impediu de ganhar o Troféu HQMix muitas vezes. Seus principais quadrinhos são *Ditadura No Ar, O Despertar de Cthulhu, Demônios da Goetia, A Teia Escarlate* e a série de ação *Apagão,* que mostra uma São Paulo dominada por gangues após um blecaute. Além disso, ele é um historiador formado pela USP e um tarólogo formado pelo universo.
Twitter: @raphafernandes Instagram: @raphaelfernandess

Tiago Palma
Começou ilustrando para revistas e jornais como freelancer. Formou-se em publicidade pelo UniCEUB e começou a trabalhar como arte-finalista e depois Diretor de Arte. Abriu sua própria empresa, a Bananazoo Design, como ilustrador, designer e diretor de arte. Toca bateria desde os 11. Admirador de cinema e quadrinhos. Trabalhou como ilustrador e diretor de arte da animação, *O Menino Mutante* onde aprendeu sobre o processo. Em 2015 dirigiu o clipe animado de sua banda *ETNO*, para a música *Diário da Morte*. Participou da coletânea *Imaginários em quadrinhos v. 5*.

Coleção Escritores Malditos

DELIRIUM TREMENS DE EDGAR ALLAN POE

ESTE LIVRO FOI IMPRESSO EM PAPEL COUCHÉ 115G
NA COMPANYGRAF EM NOVEMBRO DE 2018.